빨간내복야코
4

원작 **빨간내복야코**

막강 귀여움을 뿜어내는 캐릭터와 장르를 넘나드는 중독성 높은 노래로
팬들의 뜨거운 사랑을 받고 있는 유튜브 채널.
일상에서 공감할 수 있는 다양한 소재와 트렌드를 짧은 노래와 함께
애니메이션으로 만들어 강한 몰입과 재미를 선사하고 있다.
남녀노소 누구나 즐길 수 있는 콘텐츠를 만들기 위해 애쓰고 있다.

글·그림 **서후**

만화 창작 일러스트를 전공한 뒤 다양한 분야에서 활동하고 있으며 특유의 재치로
재미와 웃음이 가득한 만화를 선보이고 있다. 대표작으로 〈급식왕GO〉, 〈배틀 급식왕〉,
〈인싸가족〉, 〈민쩌미〉 시리즈가 있으며, 『빈스톡 잉글리시』에 그림을 그렸고,
모바일 게임 드래곤 빌리지 웹툰 「어서 와! 드빌 캠퍼스」와 천재교육 밀크T
중학 홈페이지에서 「까만머리」를 연재 중이다.

원작 **빨간내복야코** 글・그림 **서후**

SANDBOX STORY KIDS

등장인물

야코

호기심이 많아 궁금한 건
직접 해 봐야 직성이 풀리는
성격이다. 그래서 가끔 곤란한
상황이 생길 때도 있다.

와와

활동적이고 활발한 성격이다.
네모와 친한 친구이고,
양양이와 소개팅에서
만났지만 친구가 되었다.

담임 선생님

카리스마 있는 선생님이고
싶지만 소심한 성격이다.
하지만 누구보다 성실하고,
아이들을 사랑한다.

사동

급식 먹는 재미로 학교에 가는
귀여운 초등학생이다.
편식은 심하지만, 극복하려 애쓰는
대견한 모습도 있다.

김순재

친구들 사이에서
일어나는 여러 가지 일을
처리해 주는 걸 좋아하는
해결사이다.

뿔콘치

항상 당당한 모습이며,
거침없고 솔직한 성격이라
거짓말을 싫어한다.

토벤

평소에는 친절하지만
원바의 동생답게
음식 앞에서는 물불
가리지 않는다.

★ 차례 ★

1화

만지지 말랬지!

스포키, 나 왔어~
그래, 어서 와.

기계들이 더 생긴 것 같네?
아무거나 만지지 마시오
맞아.
두리번
두리번

야코야, 이거 보이지? 아무거나 만지지 마라.
아무거나 만지지 마시오
척

어? 이건 뭐지?
쓰윽
버튼은 눌러야지~
휙
꾸욱~
야, 야코야!
만지지 마!
만지지
말라고!!
너무~ 만지고
싶게 생겼어~
멋진데?!
반짝
반짝
틱틱
좀!!!
휙
야!!
자리에 둬!
너, 글자 못 읽냐?
아무거나 만지지 말라고!!
그냥 집에 가라!!
⚠아무거나⚠
만지지 마시오
만지작
빠직
만지작

이건 뭐야?
슬라임처럼 생겨서
만져 보고 싶네~
둥둥
둥둥

그건 진짜
만지면 안 돼!!

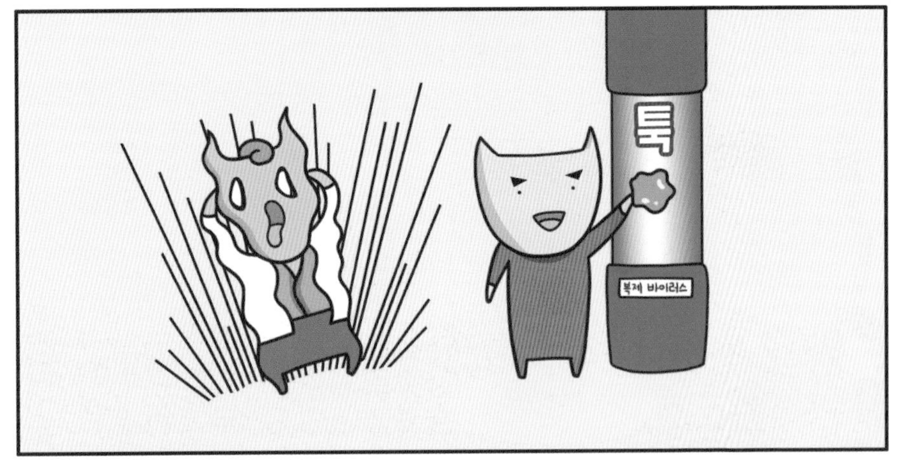
툭
복제 바이러스

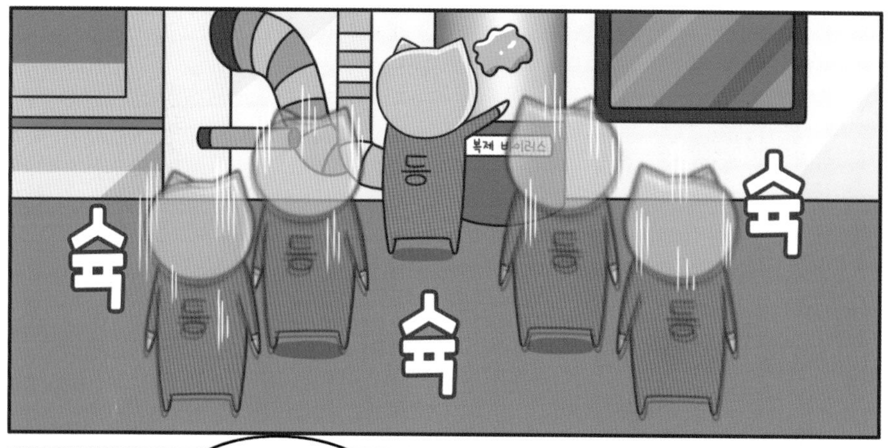
슉
슉
슉

바글
이, 이게 뭐야?
바글

뭐야, 뭐야?
웅성
이게 무슨 일이야?
웅성
어떻게 된 거야?
나랑 똑같잖아?!

아… 망했다….
??
추욱

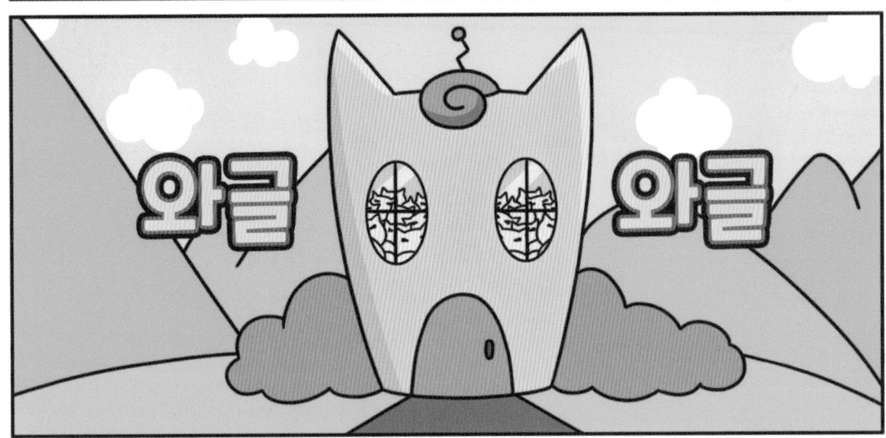
와글 와글

나랑 똑같은데? 너, 나야?
내가 너라고?
나, 너야?
네가 나라고?
휘릭 휘릭

내가 너라고?
으응?
허리아파
?!
네가 나라고?
에엥?
?!

내가 넌가?
아니~
내가 너지~
아니지~
내가 너지~

엥? 뭐?
진짜?
혼란~

아냐.
내가 너지.
혼돈~

너라고~
나라고?
으으으윽!
너라고?
에엥?
아니~
나라고~
뭐?

잠깐!!
전부 조용!!

척
척
척
그러니까
내가 너고~
너는 나고,
너도 나고~
너도 나고, 너도
나라는… 에잇!!

@#%렒헭ㄹㄹㄹ얽엉렉으루늉뇨!!
으아아아아아

@#!&*!#$!$!@%!
버둥
@#!&*!#$!$!@%!
버둥
@#!&*!#$!$!@%!

망했어….
다 망했어….

내가 이렇게 많아지는 게…
이게 말이 돼…?

이건 분명 꿈일 거야!
완전 개꿈!! 아니, 악몽!!
아니면… 설마….
햄C 녀석의 몰래카메라?
완전 재밌어!!
몰래카메라도 아니라면….
나… 너무… 무서워….
히잉
이거 진짜 뭐냐고!
내가 왜 이렇게 많아!
바글
바글

다시 한번 천천히
생각해 보자.
웅성 웅성
상식적으로 내가
이렇게 많을 수가 없잖아.
그렇지?

나와 얼굴이
똑같은 사람이 많은 게
불가능한가?
네가 가짜
야코라는 생각은
안 해 봤어?
오늘 밤에
다 같이 자야 하나?
방이 좁을 거 같은데.
머리카락 있는
애가 단 한 명도 없네.
너무하네.
바글
바글
이 와중에 시원한
냉면 먹고 싶네.

야!! 전부
조용히 해!!
버럭

너나
조용히 해!!
투덜
왜 소리를
질러?!
투덜
너 같으면 조용히
할 수 있겠냐?

딱
으윽, 도저히
안 되겠다!
슈우우욱
엇?!
무슨 일이야?
처억!
이건 뭐야?
슬라임 처ㄹ…!
퍼어억
얘, 쫓아내!

2화

음, 이 맛이야~

음식 나왔습니다.
금방 나왔네~ 맛있겠다.

어…? 어!! 이거! 어엇!!
꿈틀
꿈틀

이모, 이거 움직였어요! 형, 봤어? 이거 움직였어~

원래 그런 거야~ 산낙지는 움직여야 싱싱한 거야.
싱싱해야 맛있어~ 사동아, 먹어 봐.
아…

이모~
움직인다니까요!
형, 이거 너무
빠르게 움직여!
왔다
휘릭
휙
왜 이렇게 빨라?
엄청 빨라!
갔다

매우 빠르게
움직이고 있어….
사동이 산낙지
처음 봤구나?
꿈틀
꿈틀

형, 이거 죽은 거 아니야?
설마 살아 있는 거야?
음··· 죽었지.
잘게 잘려 있잖아.
죽었는데 왜 움직여?
살아 있는데 나한테
거짓말하는 거지?

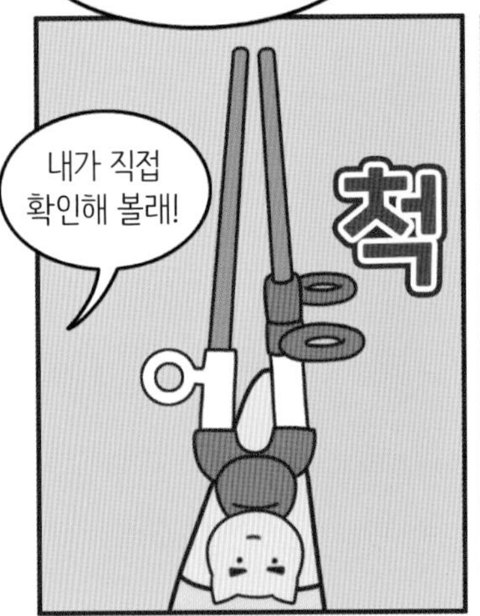
내가 직접
확인해 볼래!
척

톡
톡
꿈틀
꿈틀

귀여워라
꺄오오오오오오옥!!!!!

역시 살아 있었어….
엄청 꿈틀거려…. 징그러워….
꿈틀
꿈틀
나한테 다가오지는 않겠지?
바로 이 맛이야~
쫄깃쫄깃해~
냠냠
쩝쩝
이모, 이거 맛있어요?
그럼~ 기름장에 푹~ 찍어 먹으면, 얼마나 고소하고 맛있는데~

이모… 기, 기름장에요?
꼬소~
사동아,
초고추장에 찍어
먹어도 맛있어.
푹
푹
살아 있는데
기름장에, 초고추장에
찍어 먹는다고?

뜨아아
아아악

오물오물
우물우물
난 이렇게 무서운데….
이모랑 형은 산낙지를 잘근잘근
씹어서 먹고 있어….

살아 있는 낙지를
저렇게 먹는 거야…?
덜
덜
덜
나 너무 무서워….

음~ 맛있다!
와~ 맛있어!
최고의 맛~

나는 절대 못 먹어!
아니, 절대 안 먹어!!
절레
절레

산낙지가 좌우로
계속 움직이고 있잖아!
팔딱
팔딱
팔딱

그만! 그만!!
꿈틀거리지 마!
다가오지 마!!
꿈틀
꿈틀
꿈틀
덜덜덜

꺄아아악
주문하신 생새우
나왔습니다.
와! 생새우다!
진짜 맛있겠다~

형~ 이것도 살아 있어!
펄떡
펄떡

형! 새우가 살아 있다고~
진짜 살아 있어! 어떡해!
생새우니까
살아 있지….
흔들
흔들

이모, 이 새우 그냥 먹는 거
아니죠? 살아 있는 거 먹는 거
아니죠? 그렇죠?
아~
울먹
울먹

새우, 소금에 구워 먹을 거죠?
그렇죠? 저렇게 움직이는 걸
그냥 먹는 거 아니죠?
생새우가 얼마나 맛있는데~
구워서 먹는 거랑 또 다른 맛이야~

으~
아!!
윽!!
으앙!!

추욱
말도 안 돼…. 이건 분명
꿈일 거야. 꿈이 아니라면
이럴 순 없어….
음~

휘익~!
어엇?
어머?!

툭
에엥?

댕강

새우가 얼마나 싱싱하면 사동이 머리 위로 점프를 다 하네~
냠냠냠
그러니까요~ 싱싱하니까 살도 쫄깃쫄깃하고, 완전 달아요~
똑
똑
욤욤
이모랑 야코 형이 웃으면서 새우 머리를 떼어 버렸어….
빼질 빼질
새우 살이 달다고?
이모랑 야코 형이 계속 새우를 분해하고 있어….
음~ 진짜 맛있다~
새우를 죽이고 있는 거야…?
무서워…
사동아~ 자, 아~ 해 봐. 진짜 맛있어.
쭈우우욱
주춤
싫어! 방금 전까지 살기 위해 튀어 오르던 새우였잖아! 절대 안 먹어!

으아아아아! 형, 으아악!
나 진짜 못 먹어!! 아아앙아악
아, 형~ 형님!!
휙
휙
휙

진짜로… 안 먹….
@$!%$#@&# 냠냠냠….
오물
오물
사동아~ 어떠니?
맛있지?

음~ 맛있다!
오물
오물
오물

산낙지는 살았을까, 죽었을까?

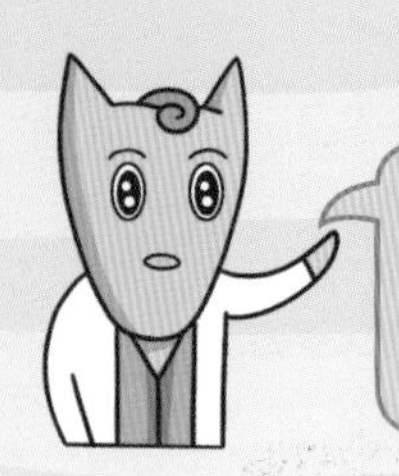

사동이가 산낙지를 처음 보고 깜짝 놀랐는데요.
여러분도 산낙지를 처음 보았을 때 살아 있는 건지, 죽은 건지
궁금하지 않았나요? 제가 산낙지의 정체를 밝혀 줄게요!

❶ 산낙지란?

산낙지는 음식 이름이에요. 익히지 않은 생선을 얇게 저며서 먹는 생선회처럼 낙지를 익히지 않고 날로 먹는 것을 산낙지라고 해요. 살아 있는 낙지를 깨끗하게 세척한 후 작게 잘라서 먹지요.

❷ 잘린 산낙지가 움직이는 이유는?

낙지를 작게 잘랐으니 산낙지는 죽은 거겠지요? 그런데 왜 산낙지는 꿈틀꿈틀 움직이는 걸까요? 우리가 몸을 움직이려면 뇌에서 명령이 내려와야 해요. 이 명령이 신경을 움직이는 신경 세포를 거쳐 다리나 팔로 전달돼야 몸을 움직일 수 있는 거예요. 그런데 낙지 다리에는 뇌의 명령 없이도 움직일 수 있는 독립적인 신경이 있어요. 낙지는 죽었지만, 잘린 낙지 다리에 있는 신경은 서서히 죽기 때문에 그동안만 일시적으로 움직이는 거예요. 하지만 시간이 지나 신경이 완전히 죽으면 다리의 움직임도 멈춘답니다.

❸ 다리에 신경이 있는 동물은?

오징어, 문어, 주꾸미 등도 낙지처럼 다리에 독립적인 신경이 있어요.
이 동물들은 '무척추동물' 가운데 '연체동물'에 해당되어요. 연체동물은 뼈가 없어서 몸이 부드럽게 움직여요. 이 동물들 외에도 조개, 달팽이 등도 연체동물에 속해요.

산낙지를 먹을 때, 빨판이 입이나
목구멍에 붙을 수도 있기 때문에 치아로
아주 꼭꼭 씹어서 먹어야 해요!

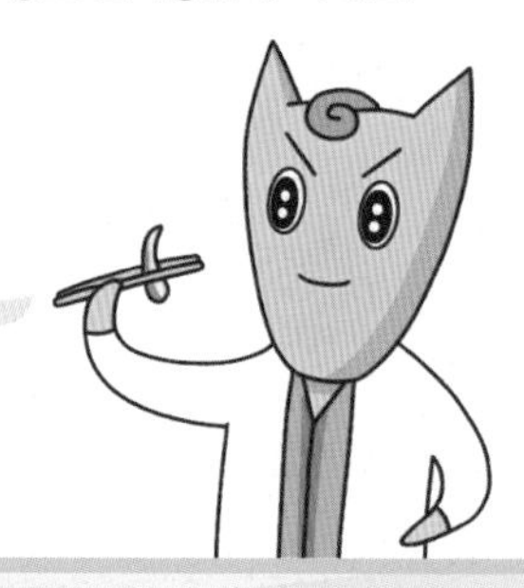

3화

햄C의 원바 관찰기

네, 감사합니다.
안녕히 가세요~
쩝쩝
쩝쩝
음~ 맛있어.
역시 핫도그는
여기가 최고야.
HOT
원바야…!
너, 핫도그 1개만
주문한다고 하지 않았어?
우물우물
HOT
응~
그랬지~
1개만 먹는다고 해서
사 준다고 한 건데,
8개나 시켜?!
아, 미안~ 주문하면서
핫도그 사진을 보니까
다 맛있어 보여서~
빠직
쩝쩝
쩝쩝

염치는 부끄러움이 무엇인지 아는 떳떳한 마음을 뜻해.

잠시 뒤
자, 그럼 찍는다~
척
안녕하세요~
여러분~ 제가 핫도그를
먹으…!
HOT
컷! 컷!
그만

원바야~ 자연스럽게
하라니까~ 너 원래 뭐 먹을 때
설명하고 먹어?
아니~ 말없이 먹지~
그렇지?
어색하니까 평소에
네가 하던 대로 해.
아~ 알겠어.

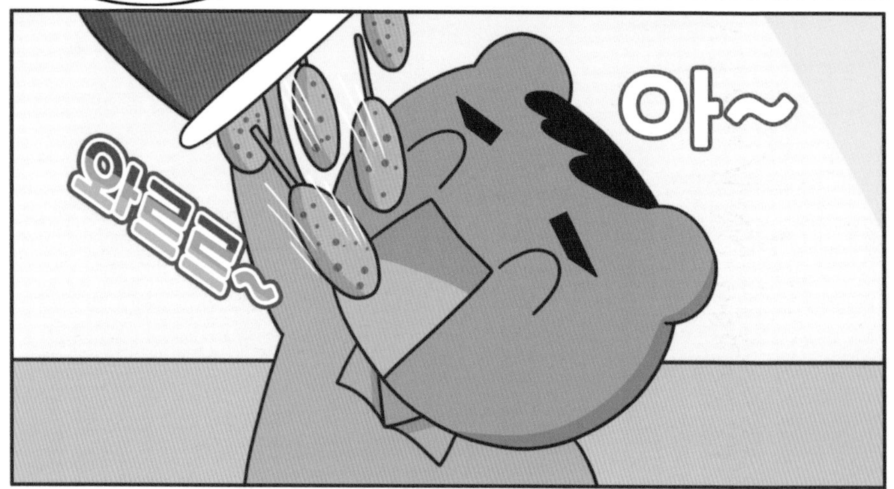
아~
와르르~

음식을 한입에
털어 넣는 건 언제 봐도
충격적이야.
놀라워
아~
잘 먹었다~
HOT
꺼억
그럼 이제
나가 볼까~
HOT
기
대
어딜 가서 또
뭘 먹으려나?!
원바야,
어디 가?
돈가스 먹으러~
이제 제대로 식사를
해야지.
엇!
애인 구인 중
붕어빵의 달인
시, 식사…?
대단하다.
붕어빵이다!!
사장님~
붕어빵 30개 주세요.
아, 팥소로 주세요~
30개요?
네! 알겠습니다~
잠시만 기다리세요.
30개…?
후덜덜

돈가스 먹는다며?
붕어빵은 못 참지~ 돈가스도 먹을 거야.
끄응…
냠냠
햄C야, 너는 붕어빵 먹을 때 꼬리부터 먹어? 머리부터 먹어?
흠…. 나는 머리부터~ 너는?
그걸 왜 따져~ 한입에 다 넣으면 되지.
앙~
오물 오물
그런 방법이? 진짜 엄청나다!!
오옷!!

맛있다~
역시 붕어빵은
팥소가 최고지~
슈웅
열심
집중
어?!
이 냄새는!!
두리번
두리번
향기로운
돈가스 냄새~
킁킁
킁킁
냄새를 따라
가는 거야…?
붕어빵 먹으면서 걸었더니
돈가스집에 금방 도착했네~
육즙 돈가스
헤헤~
붕어빵 소화도
안 되었을 텐데….

돈가스
어서 오세요~
또 오셨네요~
안녕하세요~
사장님, 등심돈가스 하나,
치즈돈가스 하나, 안심돈가스 하나,
왕돈가스 하나 주세요.
네~ 다음엔
생선가스도 드셔 보세요~
저희 가게 대표 메뉴예요.
그럼 생선가스도
하나 주세요~
네~ 알겠습니다~ 그런데
두 분이 다 드실 수 있으세요?
양이 많을 것 같은데….
헤헤
저 혼자 먹을 건데요~
방긋
아, 아~ 알겠습니다~
하핫

그러고 보니 이 녀석,
나한테 먹어 보라고
한 번을 안 권하네.
치잇
줄줄
등심돈가스, 치즈돈가스,
안심돈가스, 왕돈가스,
생선가스 나왔습니다.
맛있게 드세요~
와~ 맛있겠다!
잘 먹겠습니다~
냠냠
오물오물
와… 진짜
굉장하다.
햄C야, 진짜
맛있었지?
육즙
난 모르지.
너 혼자 다 먹었거든~
헤헤헤
그래? 다음에
너도 꼭 먹어 봐~
어이없네

햄C야, 잠깐!
떡볶이 먹고 가자~
사장님~ 떡볶이 2인분,
튀김 2인분, 순대 2인분,
어묵 2인분 주세요~
네~
아, 알겠어.
형아, 떡볶이 사 줘.
떡볶이 먹고 싶어~
아…
형이 용돈을 다 써서
지금 500원밖에 없어~
떡볶이
먹고 싶은데….
힝~
다음 달에 용돈 받으면
떡볶이 꼭 사 줄게.
그리고 형이 나중에
돈 많이 벌면, 떡볶이 매일매일
사 줄게! 약속~
진짜?
약속이야~
히히~
?!
애들아~ 잠깐만~

형이 떡볶이를 너무 많이
주문해서 양이 무척 많은데,
괜찮으면 같이 먹을래?
훈훈
멋짐

정말요?
그래도 돼요?!
초롱
초롱

당연하지~ 같이
먹으면 더 맛있잖아~
감사합니다!
우아~
척

쩝쩝
우물우물
냠냠

튀김
떡볶이
순대
원바 녀석,
먹는 것만 아는
대식가인 줄 알았는데,
아이들한테는
음식도 나누어 주는
따뜻한 녀석이네.
흐뭇~
잘 먹었습니다~
안녕히 가세요~
고맙습니다!
안녕~ 잘 가~
떡볶이 5인분,
순대 5인분 포장
나왔습니다.
감사합니다~
계산은 전부 제 친구가
할 거예요.
햄C야, 잘 먹었어.
이것도 잘 먹을게~
무슨 말이야?
내가 계산을 왜 해!!
꼬옥
야!
총 8만 5천 원입니다~
햄C야, 넌 정말
좋은 친구야~
난 하나도
못 먹었다고!!
네가 돈 내!!
후다다다닥

4화

츄리의 소개팅

야~ 츄리야.
왜?
오늘 소개팅
잘할 수 있겠어?
칙
칙
COOL

당연.
칙
칙

내가 걱정이 돼서 하는
말인데, 상대방이 마음에 든다고
갑자기 막 들이대지 마라.
이번 소개팅은 꼭
성공해야지~
벌
떡

근데 너, 소개팅 간다는
애가 옷도 안 갈아입어?
설마… 그 옷을 입고
소개팅에 갈 거야?
척
어.
물끄러미
운동복을 입고
소개팅에 간다고?
그게 말이 되니…?
어휴…

너무한 거 아냐?
?!
왜? 뭐? 어쩔?
쭉
설, 설마…
지금 소개팅에 운동복을
입고 나온 거예요?
뜨헉…
소개팅에 운동복을 입고
나왔어! 말이 된다고 생각해?
그것도! 하늘색 운동복을!!
누가 소개팅에 운동복을 입고
나오냐고? 어? 어?!
주선자
미안…
빠직

야! 너, 소개팅에
이 옷을 입고 나갔다며?
생각이 있는 거야?
빠직
??
주선자
응. 왜?
아파!!
퍽
주선자
그럼 어쩌라는 거임?
이걸 봐. 소개팅에 나갈 때는
이런 옷을 입는 게 예의라고.

캐주얼웨어는 평상시에 입을 수 있는 편안한 옷을 뜻하고, **댄디**는 영어로 멋쟁이란 뜻이야. 패션에서는 세련되어 도시적인 느낌을 댄디하다라고 해.

바로 이거야! 진작 이렇게 입었어야지~ 오늘 소개팅 성공률 100퍼센트다!
엄지척
잠시 뒤
야, 코피 날 땐 커피
혹시 츄리 님, 맞으세요?
네.
안녕하세요~
네, 안녕하세요.
조 · · · · · · 용

어색
어색

톡도독
← 야코
무말도 못하겠ㄷ
톡톡

츄리 녀석, 마음에 들었나 본데!? 츄리야~ 아름다운 분위기를 만들어 보아라!

← 야코
아무 말도 못하겠다.
야코
일단 아무 말이나 해 봐.
쓰윽

대뜸
첫눈에 반했습니다. 저와 사귀어 주세요.

네??
당황
어
색
← 야코
야코
야, 아무 말이나 하랬다고 사귀자고 하면 어떡해!!
아, 아니에요. 무시하세요.
휙
휙
첫 만남에 고백을 받으니 당황스럽네요.
굉장히 특이하신 것 같아요.
하하핫
갑자기 분위기가 좋아진 것 같네. 다행이다~
쪼옥
~띠링~

← 츄리
츄리
지금이 기회같음.
안 돼! 기회 아니라고!
하지 마! 말하지 마!!
오싹
톡
톡
톡
톡
톡
사실 진짜 첫눈에 반했습니다.
저랑 사귀어 주실래요?
네?! 또요?!
당황
망했네, 망했어.
소개팅 완전 망했다….
하아…
제가 이상한 소리를
계속했네요.
긁적
긁적

사실… 무슨 얘기를
할지 몰라서 아무 말이나
막 말했네요.
그리고 제가
마음이 가는 대로 말하는
성격이다 보니….
아니에요. 전 오히려
츄리 님이 솔직해서
좋은걸요.
소개팅을 몇 번 했는데,
제게 맞춰 주시려고 오히려
솔직한 마음을 숨기는 분들이
많더라고요.

그럼, 저희 이제
사귀는 건가요?
아니…
오늘 저희 처음
만났잖아요….
아…. 그럼 한 번 더
만날 수 있을까요?

음….
고민
고민
방
좋아요!
긋
활
짝
츄리 저 녀석,
저렇게 활짝 웃는 모습
오랜만에 보네.
근데 왜…
내 눈에서 눈물이
나는 거냐…?
하하~
호호~

5화

네모가 운동하면 생기는 일

여보세요~
네모야, 어디야?
응, 야코야~
나 집이지.
양양이랑 같이 등산
가려는데, 같이 가자.
퉁
퉁
으으으~~
등산?
등산 힘들잖아~
난 안 갈래.
힘들어도 정상에 도착하면
진짜 뿌듯해! 집에만 있지 말고
같이 가자.
가자, 가자!
다시 내려올 산을 왜 올라가는 거야~
난 집이 좋아. 잘 다녀 와~
이해 못함
아쉽다. 알겠어~ 그럼
다음에 같이 가자.

등산이라니~ 왜 사서 고생을 하는 거야.
집이 얼마나 좋은데~ 집 최고!!
뒹굴~
뒹굴~
쓰윽
너튜브나 볼까~ 오늘은 인기 영상에 뭐가 있나?
으응?
인기 동영상 1위가 '집에 있을수록 움직여라! 움직이지 않으면 위험하다?!' 흠….
1위
딸깍
여러분~ 지금 집에 누워서 이 영상을 보고 계신가요? 그렇다면 일단 앉아 보세요. 앉는 것부터가 시작입니다~
ㅎㅎㅎㅎ ㅎㅎㅎㅎ
누워있는 게 얼마나 편한데~

집은 아늑하고 포근하죠.
그런데 집에만 있으면 건강이 위험할 수 있습니다!
먼저, 밖에 나가지 않는다고 씻지 않게 되죠~
끄집
끄집
당연하지. 집에만 있는데 귀찮게 뭐 하러 씻어~
그리고 귀찮다며 음식을 배달시켜 먹으니, 뱃살이 늘어만 갑니다~
요즘 뱃살이 많이 찌긴 했지. 그래도 내가 행복하면 된 거 아냐?!
후후후
두툼~
두툼~
바르지 못한 자세로 하루 종일 노트북을 보고 휴대폰을 하면 거북목 증후군이 될 확률이 아주~ 높습니다!
목이 좀 앞으로 나오고… 어깨가 구부정해진 것 같긴 한데…. 이제부터 바른 자세를 하지 뭐….
끄응…
기대기
엎드리기
눕기

우리 몸이 스스로 보호하는 힘을 **면역력**이라고 하고, **바이러스**는 살아 있는 생명체에 기생해 여러 가지 병을 일으키는 존재야.

탁
뭐가 쉬워….
하나도 안 쉽잖아. 내가
너무 못하는 건가…?
하아
하아
요가 선생님한테 직접
배우면 좋을 텐데….

아… 집이랑 최대한
가까운 요가원을 찾아보자.
휴~
톡
톡
톡

집으로 찾아오는 방문 요가?!
요가 선생님이 집으로 오신다니~
너무 좋잖아! 나한테 딱이야~
방문 요가
(010-123-1234)
우아~
금방 건강해지겠어!
튼튼!
건강!
좋았어!

며칠 뒤
네모 님, 안녕하세요~
요가 수련을 함께할
엘레나입니다.
안녕하세요, 선생님~
잘 부탁드립니다.

네모 님, 신청서를 보니
요가는 처음 하시는 것 같은데,
맞으세요?
네, 처음이에요.
열심히 해서 엄청
잘하고 싶어요!
알겠습니다.
무리하지 마시고, 자기 속도로
천천히 하시면 돼요.
그럼
시작해 볼까요?
네!!
천천히 숨을 쉬면서
호흡에 집중해 보세요.
네모 님이 하실 수 있는
만큼만 하시면 돼요.
삐질…
가슴을 앞으로 내밀고,
어깨를 내리면서 양팔을 등 뒤로
모아 보세요.
?!
뚜두둑
아악!!
네모 님,
괜찮으세요?

조금 더 편하게 하실 수 있는 동작으로 할게요. 절대 무리하시면 안 돼요.
아… 네….
괜찮아요….
ㅎㅎㅎㅎ
ㅎㅎㅎㅎ

편하게 앉은 다음, 허리를 반듯하게 세우세요.
그리고 다리를 양쪽으로 쭉~ 최대한 넓게~ 벌려 주세요. 호흡은 유지하세요~
후우우우우.
끵…
끵…
쫘아악

제가 조금 도와드릴게요. 내쉬는 숨에 다리를 조금만 더 이렇게….
!!!!
찌
직

우오오오오오오오!!!

네모 님, 괜찮으세요?
원래 몸이 조금 뻣뻣하신 분들이 있어요.
당황~
아파…
선… 선생님… 더 쉬운
동작으로 알려 주세요….
네, 네~
더 편안한 동작을
해 볼게요.
그렁
그렁

제가 하는 걸 먼저
보시고 따라 해 보세요.
네!

엎드린 뒤 팔은 어깨너비로,
다리는 골반 넓이로 벌리고 뒤꿈치를
바닥에 누르면서 엉덩이를 높이
들어 올리세요.
네! 할 수 있을 것
같아요!

네모 님, 이 동작은 괜찮으세요?
우두두둑

아흡!!
콰르릉
쾅쾅

네모 님….
오늘은 첫날이니까 스트레칭만 하는 게 좋을 것 같아요.
아흑~
네….

잠시 뒤
네모 님~ 고생하셨어요.
감사합니다. 제가 너무 뻣뻣하죠….
꾸준히 하시면 점점 유연해지실 거예요.
긁적 긁적
선생님, 혹시 멋진 요가 동작 보여 주실 수 있으세요? 좋은 자극이 될 것 같아서요.
샤방
그럴까요? 그럼 몇 가지만 보여 드릴게요.
샤방
우아~ 선생님, 너무 멋있어요!!
짝짝짝짝

저도
선생님처럼 할 수
있을까요?
그럼요~
열심히 연습하시면
할 수 있어요. 그럼
다음 주에 뵐게요.
찡긋
네~
안녕히 가세요.
선생님이 한 요가
동작 너무 멋있었어! 나도
한번 해 볼까…?
해 보자!
왠지 할 수
있을 거 같은데…!
이렇게…
다리를….
부들
부들
부들
부들
으아아악!
콰당!
잠시 뒤
다나아 종합 병원
주륵
그냥 집에
가만히 있어야겠다….

6화

너의 이름은?!

오늘도 열심히 일했다! 빨리 집에 가서 슈퍼히어로 영화 보면서 쉬어야지~
뚜벅 뚜벅
총 총 총
어?!
엇?!
깜짝
깜짝
진짜 오랜만이다~ 여기서 만나네?!
반갑다~
오랜만이야~ 그러게 어떻게 여기서 만나냐~

잘 지냈어?
나는 잘 지내고 있지~ 너는?
나도 잘 지내~ 퇴근하는 길이야?
응~ 너도 퇴근 중이야?
조잘
조잘
응~ 나도 퇴근하는 중이지. 아직 이 동네 살아?
어~ 난 아직 여기 살아. 너도?
나도 아직 이 동네 살아. 같은 동네 사는데, 이게 몇 년 만에 보는 거야~
이렇게 우연히 만나는 것도 쉽지 않은데~ 너무 신기하다, 그치?
근데 너 옛날이랑 진짜 똑같다~ 나, 너 한번에 알아봤잖아.
긁적

아… 얘 이름이 뭐였지?
기억이… 전혀 나지 않아….
너도
똑같다~
방긋
토랭이? 아닌데…. 토봉이?
이것도 아닌데…. 토… 토… 토….
아, 진짜 생각이 안 나네!
방글방글
이렇게 생각이
안 날 수가 있나? 내 기억력이
이것밖에 안 되나….

일단 성부터
생각해 보자.
김 씨였나? 박 씨였나?
아니야~ 이 씨? 문 씨?
아~ 아닌데…!
수박씨? 글씨? 마음씨?
아…! 이게 아니잖아!!
이 씨 수박씨
김 씨
글씨
문 씨
마음씨
끄아아앗
식은땀이 폭발하고 있어….
빨리 생각하자!! 빨리!!
이름을 생각해 내자!!
하하하
내가 쟤 이름을
모른다는 걸 들키면 안 돼!
슬금
슬금
야, 근데 너 얘기하다
말고 어디 가?

긁적
긁적
거기서 뭐 하는 거야?
나도 모르게 숨어 버렸네.
아, 차가 좋아 보여서. 하하하….
어릴 때 우리 친했는데…. 유행했던 빵도 같이 먹고, 캐릭터 스티커도 모았는데.
하몽아~ 나 한 입만~ 딱 한 입만 먹을게~ 진짜야~
나 한 입만 더 줘~
알겠어~ 원바는 그만~
그리고 어릴 때 쟤가 야코 짝꿍이었어!!
여기 선 넘어오면 다 내 거~
네 것도 선 넘어오면 다 내 거~

그리고 재가 야코한테!
주꾸미라는 별명을 지어 줬어~
그때 엄청 웃겼는데!!
야코야, 너
주꾸미 닮았어~
귀엽지~
주꾸미라니!
너무한 거 아냐?
주꾸미가 얼마나
귀여운데~ 넌 이제
주꾸미야~
귀, 귀엽다고?
끄응…
어릴 때 기억은 이렇게
새록새록 떠오르는데!
친구 이름만
기억나질 않다니!
친구는 이렇게
반가워하는데~
으하하하~
진짜 반가워!!
하핫
나도~

내가 자기 이름을 기억하지
못하는 걸 알면 실망하겠지?
아니야, 화를 낼지도 몰라!
고오오
오오
네가 어떻게 내 이름을
기억 못할 수 있어…?
마음을 가다듬고
다시 기억해 보자.
같이 논 추억은
기억나는데 왜 이름만
기억이 안 나는 거야~
주섬
주섬
열심~
열심~
빨리 기억해 내!!
어떻게 친했던 친구의 이름을
기억 못할 수 있냐고~
촤악
촤악

해맑~
나를 만나서
반가워하는 해맑은
친구의 얼굴을 봐~
그런데! 정작 나는
친구 이름이 생각나지
않아….

하아…
나 정말 미치겠다….

옛 친구 목록
휘익
휘익
철수, 영희, 서연, 신짜오, 수아, 선우, 시나…. 수많은 사람들의 이름은 다 생각 나는데….
철수
영희
서연
신짜오
네! 이름만 기억이 안 나!!
눈치
야코, 츄리, 양양, 스포키, 햄C, 원바, 네모, 뫄뫄….

많고 많은 이름 전부 생각나는데 왜 쟤 이름만 생각나지 않는 거야….
혼
란
어, 어~ 그래~ 나도.
어쨌든 너무 반가웠어~
내 SNS로 연락해. 다음에 만나서 밥 먹자~
어~ 그러자.
다음에 또 봐. 갈게~ 잘 가~
이름을 알아야 SNS에서 찾을 텐데….
그래~ 잘 가!
저벅
저벅
타박
타박

근데… 쟤
이름이 뭐였지?
긁적
긁적
아… 진짜….
쟤 이름이 뭐였지?
긁적
긁적

따라 해 보자, 요가!

요가는 자세를 바르게 해 주고, 집중력도 높여 주며, 마음을 편안하게 해 주는 운동이래요. 그리고 다른 운동에 비해 집에서 쉽게 할 수도 있어요. 몇 가지 요가 동작을 함께 배워 볼까요? 매트와 편안한 운동복만 준비해 주세요.

❶ 어깨 풀기

바닥에 앉아 한쪽 다리가 위로 올라오도록
다리를 포개요. 한쪽 팔을 머리 뒤로 넘긴 뒤,
다른 쪽 손으로 머리 뒤로 넘긴 팔의 손을 잡아요.
허리를 쭉 펴고 가슴을 앞으로 내밀어요.
천천히 팔을 내렸다가 반대쪽 팔도 동일하게 해요.

❷ 나비 자세

바닥에 앉아 양 발바닥을 붙인 후, 발을
배 쪽으로 쭉 당겨요. 그리고 상체를 숙여
양 팔꿈치를 바닥에 닿게 하고, 손으로 꽃받침을
만들어 턱을 대요. 이때 허리가 둥글게
말리지 않도록 곧게 펴 주세요.

❸ 코브라 자세

매트 위에 엎드린 뒤, 양 팔꿈치를 구부려
손을 바닥에 대요. 그리고 다리가 바닥에서 떨어지거나
구부러지지 않도록 하면서 천천히 팔을 펴 상체를 들어 올려요.
고개를 숙이거나 어깨가 위로 올라가지 않도록 해야 해요.

친한 친구 별명 짓기

내가 좋아하는 친구나 친한 친구에게 애정을 듬뿍 담아 별명을 지어 주세요. 어쩌면 오랜 시간이 지난 뒤 친구를 만났을 때, 이름은 잊어버려도 내가 직접 지어 준 별명은 기억할 수도 있어요!

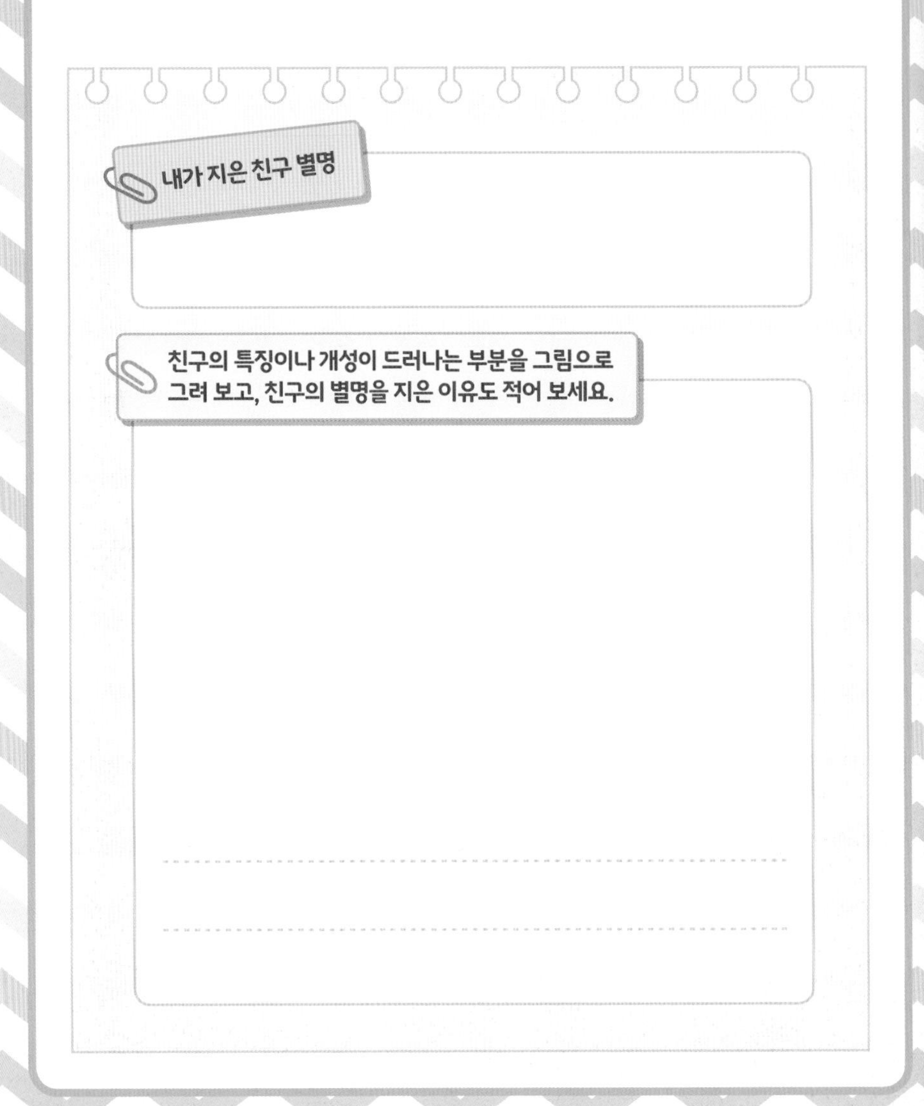

7화

이건 못 참아!

Zzzzz
Zzzzz
커어어~

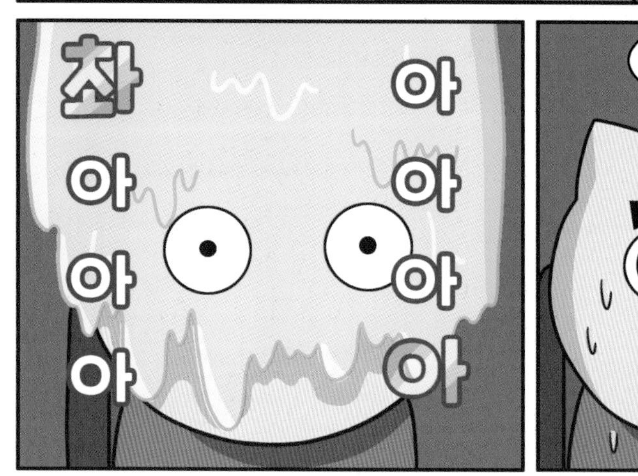
차아아아
아아아아

으아, 차가워!

여, 여기가 어디지? 뭐야, 이거! 뭐 하는 거야?
날 왜 묶은 거야? 풀어 줘!!
휙
휙

치이이이이이익
?!
이건 또 뭐야?!

야코야, 당황했니?
헤헤헤
삐질

네가 왜 거기서 나와….
햄C 이 녀석아! 또 너냐…?
하아…

이렇게 보니 반갑지?
그럼 지금부터 게임을
시작하지! 네가 버틸 수
있을지 모르겠군!
우하하하하하
또 뭐 하게!!

싸악
자, 잘 봐라.
동그란 케이크를
사선으로 자른다~
아….
보기 싫어….
음~ 맛있는 라면~
역시 분말수프를 먼저
넣고 끓여야 더 맛있지~
보글 보글
이때 냄비 밖으로
물 넘치게 하기!!
부글
부글
콸콸
안 돼…!
불 꺼…!
똑
음료수 캔 고리만
따서 버리기!!

어떠냐? 야코야!
못 견디겠지?
후후훗
그만해….
이건 아니야….
아아…
그만하라고? 그럴 순 없지~
으하하! 잘 봐, 이제부터 내가
동그라미를 그릴 거야!
지익
지이익
삐뚤
똑바로 봐!
찌그러진 원이다!!
으하하하!
삐뚤
빼뚤
멈춰… 제발…!

탕
탕
탕
고개 돌리지 마~
눈 감지 마~ 이번엔 망치로
못 박다 삐끗하기!
찌릿
너무 싫어!
이게 뭐 하는 짓이야!
덜덜
덜덜
더한 것이 남았다!
이번엔 떠먹는 요구르트
뚜껑이다!
흔들
흔들
너… 혹시… 설마….
아니야…! 그럴 리 없어.
핥을까? 말까?
핥을까? 말까?
안 핥고
그냥 버려야지~
휘익
까아아아악
네가
사람이냐!!

이 정도로 괴로워하면 안 될 텐데?! 이번엔 삶은 달걀 껍데기 막 까기!!
씨익~

으하하하!
촥
촥
촥
촥

지이이잉
햄C, 너 나한테 왜 그러는 거냐…. 날 죽일 셈이냐…?
보고 싶지 않아…. 불편해….
엉망
진창

이게 뭐임?
철컥
넌… 뭐야…? 넌 왜 왔어…?

츄리야, 왔어? 츄리도 왔으니 다시 시작해 볼까?
츄리는 얼마나 버틸 수 있을까~
얄
밉
내가 너한테 무슨 잘못이라도 했냐!!
쟤 뭐임?

휘
릭
너희가 보고 있는 영상 화면을 거꾸로 돌려 버린다~
어때?

야코와 츄리의 피부색과 옷 색, 서로 바꾸기!! 견딜 수 있냐? 푸하하하하!
어지러워~
싸악
싸악
너 뭐냐고!
다시 돌려놔라. 가만 안 둠.

아… 이건
내가 못 참겠다.
절레
절레

다행이다….
다시 돌아왔어.
후유

이번엔 맞춤법
다 틀리기! 어떠냐!
서걱
서걱

외 안되, 무적권
고정간염, 몇일,
열락하다,
재송합니다
으아, 답답해!
불편해!

그럼 이건 어때?
책 제목 바꿔 버리기~
버틸 수 있냐?

야!! 너 이거 장난
아니고 진심이지?!
버럭

츄리야~ 이건 어떠냐?
청소기가 안 들어가서 틈에
있는 먼지 청소 못하기!
위이이이잉
멈춰!
정확하게
반으로 가를 수
있을까?
부들
부들
도저히 못 보겠어!
신이시여!!
우어어어엉!!!!
이건 견딜 수 있을까?
눈 감지 말고 똑바로 봐라!
으하하하!
하아…

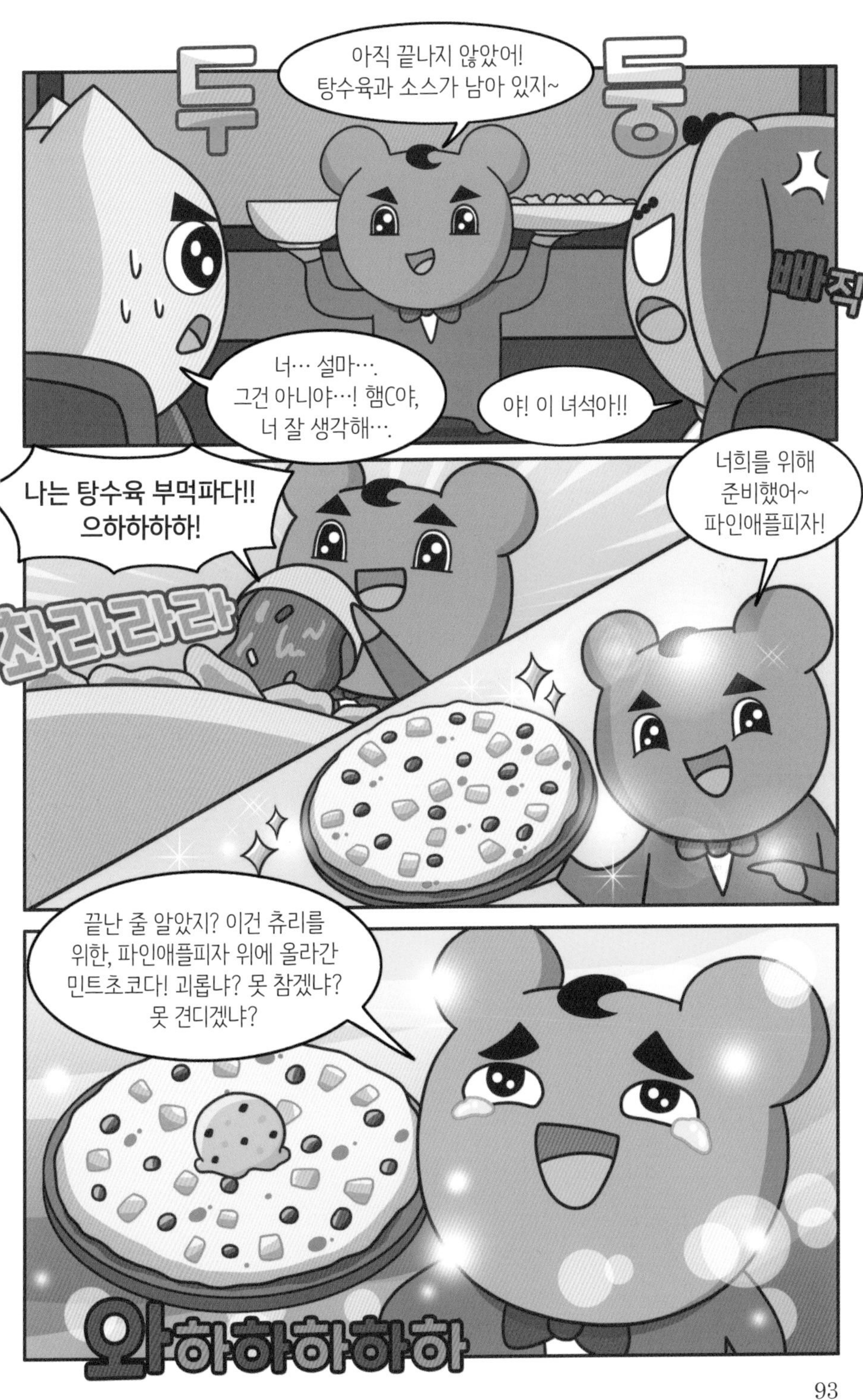
두
둥
아직 끝나지 않았어! 탕수육과 소스가 남아 있지~
빠직
너… 설마…. 그건 아니야…! 햄C야, 너 잘 생각해….
야! 이 녀석아!!
나는 탕수육 부먹파다!! 으하하하하!
차라라라
너희를 위해 준비했어~ 파인애플피자!
끝난 줄 알았지? 이건 츄리를 위한, 파인애플피자 위에 올라간 민트초코다! 괴롭냐? 못 참겠냐? 못 견디겠냐?
와하하하하하하

햄C! 너 이게
대체 무슨 짓이야?
야! 너 목숨
두 개임?

불편했지? 그러니까
앞으로 다른 사람의 불편함을
쉽게 생각하지 말고 인생을
살아가라.
너희를 위한
내 조언이다.

네가 무사할 거라고
생각함?
웃기지 마!
네 너튜브 채널에 올릴
영상 찍은 거 맞지?
빠직
빠드득
삐질
아… 이거 안 먹히네….

8화

지옥에서 온 롤러코스터

놀이공원이다!
신난다~ 신난다~
덩실
덩실
귀엽네…
그렇게 좋아?
나도 오랜만에
와서 좋네.

엄청 좋아!!
이번에 새로운 놀이기구
생겼잖아~
히히~
그래? 새로운
놀이기구가 생겼어?

응! 엄청 무서운 롤러코스터 생겼대~
이름부터 지옥에서 온 롤러코스터야~
빨리 타고 싶어!
아… 그, 그래?
이게 더
어울리나?
지옥에서 온 롤러코스터?!
너무 무서운 건 타기 싫은데.
뫄뫄한테 무섭다고 할 수도
없고….

그래! 다른 놀이기구를
잔뜩 타서 뫄뫄의 힘을 빼자!
집에 가자고 할 정도로!!
저거야!! 양양아,
롤러코스터 먼저 타자!
척!
뫄뫄야,
원래 놀이공원에 오면
회전목마부터 타는 거야~
기다리는 줄이
짧아서 금방 탈 수 있고,
사진 찍으면 얼마나
예쁘다고~
뫄뫄야… 제발…!
넘어와라~ 넘어와라~
회전목마는 시시한데.
그래, 뭐~ 회전목마
먼저 타자~
음…
앗싸!! 다행이다!!
오~ 출발한다.
달려라~ 달려~
뫄뫄야, 어때?
재미있지?
딴따라딴딴~
휘익
딴따라딴딴~

응…. 빙글빙글
도는 게 참 재미있네….
하하하…. 재밌다….
삐질
고오오오오오오오오오
양양아, 회전목마 탔으니까
이제 롤러코스터 타러 가자!
지옥에서 온
롤러코스터!!
뫄뫄야, 내 생각엔
말이야~ 새로 생긴
놀이기구라 기다리는
줄이 엄청 길 것 같아.
그럼 다른 놀이기구를
많이 못 타겠지?
오랜만에 놀이공원에 왔는데,
놀이기구를 많이 못 타면 완전 억울하잖아~
바로 탈 수 있는 범퍼카를 먼저 타자.
범퍼
어때?
내 말 맞지?

뭔가 수상한데? 너…
무서운 놀이기구 못 타?
뜨끔
무슨 소리야~ 나 놀이기구
잘 타는 거 알잖아~ 놀이기구를 최대한
많이 타자는 얘기야.
음… 그래?
그럼~ 빨리 범퍼카
타러 가자!
모모에게 생각할
시간을 주지 말자!

안전벨트 착용 모두 확인했습니다~
그럼 범퍼카 운행을 시작합니다~
모두 다 같이 힘차게 출바아알~
둠~둠~뚜~
둠~둠~뚜뚜~
가자!

나의 환상적인 범퍼카 운전 실력으로
모모를 재미있게 해 주자! 모모가 범퍼카만
계속 타자고 할 정도로!
진지

간닷!!
팟

양양아! 간다!!
꽈앙
으에에엑!
어딜 가~ 범퍼카 빨리 타고
롤러코스터 타러 가자!!
캬캬캬캬캬캬
그, 그만!
쫓아오지 마~
우아악
범퍼카 운행이 끝났습니다.
즐거우셨나요? 안전벨트를 풀고
조심히 내려 주세요.
괜찮으세요?
덜
덜
덜
덜
아뇨….
많이 힘들어요….

이제 롤러코스터
타러 가자!
너 범퍼카 정말 잘
타던데, 한 번 더 타고
싶지 않아?
비틀 비틀
아니!! 난 지옥에서 온
롤러코스터 타고 싶다고!!
활활
어, 어떡하지…?
그, 그래!
근데 일단 뭐 좀 먹는 게
좋을 것 같아.
지난번에 야코가 빈속에 놀이기구 탔다가
울렁거려서 더 이상 놀이기구 못 타고 집에 갔거든.
아무 말 막 하는 중
그래?? 그럼 안 되지~
빨리 뭐 먹으러 가자~

맛있다! 역시
놀이공원에서는 추로스와
햄버거가 최고야~
냠 냠

롤러코스터! 롤러코스터! 빨리 먹고
롤러코스터 타자!! 으아아!!
와구 와구
와구 와구
매우 위험하다….

양양아~ 다 먹었지?
빨리 롤러코스터 타러 가자!
자, 잠깐만 와와야! 음식 먹고
바로 놀이기구 타면 위험해!
좀 전에는
빈속에 놀이기구 타면
울렁거린다며?!
놀이기구는 빈속에 타면
울렁거리고, 음식 먹고 타면
배가 아프다고~
설마… 양양이
너…. 롤러코스터
타는 거 무서워?
아, 아니야! 절대 그런 거 아니야!
나도 롤러코스터 엄청~ 타고 싶어~
네가 배 아플까 봐 걱정돼서 그래~
수상해
슈팅
흠…
아! 저거 재밌어
보인다! 물총 게임!
저희 한 판씩 할게요~
뿌루퉁
치이이이익
아~ 빗나갔네요.
다음 분 하시겠어요?
아아아아악! 안 돼!
이러다 롤러코스터
타러 가겠는데?!

뫄뫄야…
네 차례야….
쑤욱
치이이이익
히히
푸아악
명중! 양양이 획득! 빨리
롤러코스터 타러 가자!!
아… 아… 안 돼….
다다다다다다
잠시 뒤
결국엔 타고 말았어….
어쩌지… 지금이라도 내릴까?
양양이, 너 무서운 거 맞네~
완전 떨고 있잖아!
덜
덜
덜
덜
푸하하!
아, 아니야….
무, 무섭다니 오해야….

나 지, 지금 완전 신… 나. 하하하….
뭐야~ 무서워하는 거 너무 티 나는데!
빼질 빼질
으핫!
그동안 이런 놀이기구는 없었다~ 초고속 스피드~
흔들 흔들 흔들
엄청난 익사이팅! 지옥에서 온 롤러코스터 출발합니다~
꺄아아아아아아!
켁
휙
우아아앙
기절
완전 빨라!!
와하하하하하하하
엄청 나!!

츄우우우우우웅
꺄아아아아악
지옥에서 온 롤러코스터에서 살아남으신 여러분, 즐거우셨나요?
내리실 곳은 왼쪽입니다. 놓고 가시는 물건은 없는지 확인 후 천천히 내려 주세요.
흔들 흔들
끼이이익
번뜩
앗…! 끝, 끝난 건가?!

양양아, 비명 한 번
안 지르고 잘 타더라~
내, 내가 말했잖아….
나 롤러코스터 타고
싶었다니까….
하하하…
오~
잠깐 기절했었는데!,
뫄뫄가 눈치 못 챘나 보다.
죽다가 살아난 기분이야….
오해해서 미안해~ 네가
무서워서 계속 피하는 줄 알았어~
롤러코스터 진짜 재미있었지?
응~ 엄청
재밌었어~ 이제
다른 거 타러 갈까?
그럼 우리 롤러코스터
한 번 더 타자!!
가자~
신나~
롤러코스터만
10번 탈 거야~
아…. 괜히
재밌다고 했다….
랄라~
룰루~
주르르륵

한국인이라면 공감 백배!

안녕하십니까, 햄C입니다. 한국인이라면 못 견디는 상황들을 야코와 츄리에게 시험해 봤는데요, 어떠셨나요? 여러분도 참기 어려웠나요? 제가 한국인이라면 공감하는 상황 세 가지를 더 준비했습니다. 어떤 것들이 있는지 보시죠?

❶ 엘리베이터 안에서는 구석에!

엘리베이터를 타면 사람들이 어디에 서는지 잘 생각해 보세요. 사람이 많아서 자리를 고를 수 없을 때 말고는 대부분 앞뒤의 양쪽 구석에 서 있는 경우가 많답니다.

❷ 휴지 한 장만 달라고 해도 여러 장을!

식당이나 카페에서 가족이나 친구에게 휴지를 한 장만 달라고 했을 때, 몇 장을 받았나요? 아마 두 장 이상 받았을 거예요. 한 장만 달라고 해도 넉넉하게 주고 싶거든요.

❸ 대화할 때 '아니~'로 시작!

대화할 때 '아니'라는 단어로 시작하는 경우가 많아요.
"아니~ 내가 길을 가는데~", "아니~ 그게 아니고.", "아니, 근데 말이야.", "아니, 저거 너무 좋은데?"
한국인에게 '아니'는 반박할 때, 놀라울 때, 화제를 전환할 때 등 다양하게 쓰이는 마법의 단어가 되었답니다.

세계의 무시무시한 놀이기구

보기만 해도 가슴이 두근두근, 다리가 후들후들 떨리는 무서운 놀이기구! 저는 너무 무서운 놀이기구는 싫지만, 무서운 놀이기구를 좋아하는 친구들을 위해 세계에서 무섭기로 소문난 놀이기구를 소개할게요.

자이언트 캐니언 스윙

미국의 글렌우드 캐번스 어드벤처 파크에 있는 이 놀이기구는, 엄청 높은 곳에서 허공을 향해 그림처럼 왔다 갔다 움직여요. 이 놀이기구를 타면 아찔하지만, 멋진 풍경을 볼 수 있대요.

킹다 카

세계에서 가장 높고 빠른 롤러코스터예요. 미국의 식스 플래그스 그레이트 어드벤처에 있어요. 높이가 무려 139m나 되고, 최대 속도는 시속 200km가 넘어요. 엄청 빠른 만큼 놀이기구 탑승 시간은 약 50초로 짧아요.

엑스 스크림

330m의 건물 위에서 시소를 타면 어떤 기분일까요? 그 기분을 느낄 수 있는 놀이기구가 미국의 라스베이거스 스트라토스피어 타워에 있어요. 허공에서 기울여진 채로 앞뒤로 움직여서, 세상에서 제일 무서운 시소라고 해요.

9화

맛없는 급식 먹기

자, 다음 문제는….
딩동댕동~♬
시 작

점심시간이다!
밥! 밥! 밥! 밥!
밥! 밥! 밥! 밥!
밥! 밥! 밥! 밥!
출랑
밥! 밥! 밥! 밥!
출싹
들썩

급 훈
와하하하하하하하하
그래, 다들 점심
맛있게 먹어라….
와다다다다다

오늘 급식 뭔지 아는 사람? 메뉴를 못 봤어.
나도 못 봤어~
맛있는 거 나오면 좋겠다!
고기반찬 먹고 싶어~
맛있는 반찬! 기대된다~
우아~
내가 좋아하는 소고깃국이다~
야호!
닭강정~ 맛있겠다!
달콤한 푸딩이야!
신난다!
잘 먹겠습니다!
히잉
끄응…

덜덜덜
헙!
이, 이건….
가지볶음이잖아?!
얘들아~ 억지로 먹는 건
좋지 않지만, 편식하지 말고
골고루 먹어야
건강해진단다.
네!!
삐질
토벤아, 넌 가지볶음
잘 먹는구나….
당연하지~ 나
가지볶음 좋아해~
쩝쩝
쩝쩝

순재야, 너도 가지볶음
잘 먹는구나….
우물우물
응! 얼마나
맛있는데!

맛있다고? 나도
먹어 볼까…?
덜
덜
덜

아~

으아아아악!
우~
도저히 못 먹겠어!!

사동아, 왜 그래?
무슨 일이야?
울먹
울먹
사실은… 나
가지볶음을… 못 먹어….
히이잉…
그럼 안 먹으면 되잖아~
잘 먹고 싶거든….
난 멋진 초등학생이니까.
근데 가지볶음을 씹으려고
하면 용기가 안 나.
물이랑 같이
먹어 봐. 알약 먹는 것처럼
물로 가지볶음을
삼키는 거야!
어때?

그런 방법이 있구나~
나 해 볼래!
초롱
초롱

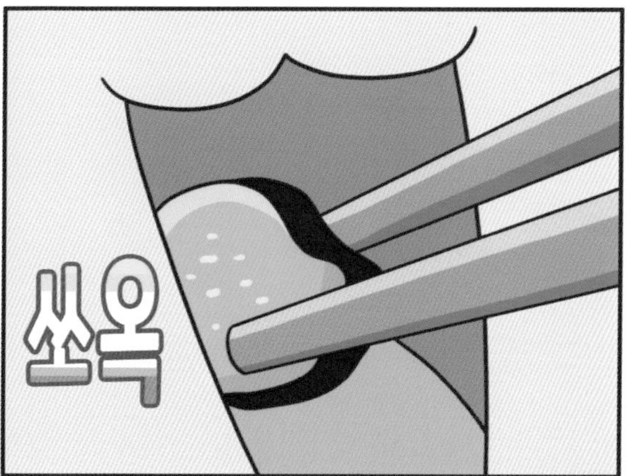
쏘옥

벌컥
벌컥
벌컥
오오~

푸우우우우우우우

사동아, 왜 그러니?
무슨 일이야?
아, 아니요! 갑자기
기침이 나와서요. 선생님,
정말 죄송합니다!
쥬륵
쥬륵
쓱쓱
'이건 가지볶음이 아니다~
맛있는 음식이다'라고 생각하면서
가지볶음을 먹어 봐.
맛있는 음식?
그거 좋다~
맛있는 고기라고
생각해 봐.
오호~
휙
어때?
그럴까? 고기라고
생각하고 먹어 볼게~
사동아! 고기라고
생각하면서 먹으니까
고기 맛이 나?
철퍼덕
우웁~
사동아!
맛있어서 쓰러진 거야?
툭
아, 아니….
가지 맛이야….

사동아, 이렇게
닭강정 두 조각 사이에
가지볶음을 넣어서
먹어 봐.
이렇게 먹으면
가지 맛은 별로 안 나고,
닭강정 맛만 나지
않을까?
똑똑
총명
그, 그럴까?

사동, 파이팅!
아~
먹을 수 있을 거야!
할 수 있어!

에엥?
웩~
이럴 수가!
다 뱉었잖아?
주르륵
주르륵
가지볶음이
닭강정을 이겼어!

너희 뭐 해?
??
휙
휙

사동이가 가지볶음 먹기에 도전하고 있어. 근데 계속 실패야….

비빔밥처럼 밥에 반찬들을 다 넣고 비벼 먹으면 어때?
오~
좋은 것 같아~ 비빔밥처럼 비벼 먹기!
오옷!

모두 다 넣고 비벼~ 비벼~
휙휙 휙휙
잘 섞어~ 섞어~
싹싹
싹싹

우아! 가지가 잘 안 보여~
잘 먹을 수 있을 것 같아!
빠밤
사동, 파이팅!
사동이~
할 수 있다!
가지 맛이 많이
안 날 것 같아.
푸욱~
아~
쑤욱~
꿀꺽
꿀꺽
○ ○ ○ ○ ○ ○
하아
하아
하아
제발~

엄지척

와!! 사동이가 가지볶음을 먹었다!!
사동아, 해냈어!
짝
헤헤
짝
짝
짝
……
사동이 이제 가지볶음 잘 먹을 수 있겠다~

시끌시끌
엇?!
힝…

백설아, 네 가지볶음 내가 먹어 줄까?
진짜? 사동이 너, 가지볶음 먹을 수 있어?

당연하지! 이 정도는 별거….
우아♥
촤아악
아니지 않네….
철퍼덕

10화

내가 맛있게 구워 줄게~

도착했다~
내가 예약한 펜션이
여기야.

우아~
완전 좋은데~
오~
인기 많은 곳이라
예약하기 어렵던데~

나의 엄청난 열정으로
예약했지!
야코야, 오늘따라
네가 빛나 보인다.
후후후
오~

빨리 짐 풀고
계곡 가자!
놀자~
계곡 가기 전에
먼저 피구하자~
귀찮~
더움. 방에 에어컨
틀고 있는 게 최고임.

얘들아, 무슨 소리야? 펜션에 왔으면 고기를 먹어야지.
준비 완료
아…
아… 어… 고기 먹자!
휙
그, 그래. 난 사실 아까부터 고기 먹고 싶었어…!
만족~
아직 고기 안 구웠냐?
삐질
삐질
다들 좋아할 줄 알았어.
내가 구울게…! 나 고기 잘 구워~
통
통
잠시 뒤
너 진짜 잘 구울 수 있어?
당연하지~ 숯불에 구우면 돌도 맛있어~ 못 굽는 게 더 이상하지!
타닷
타닷
타다닷

타지 않게
조심해.
걱정 마. 고기 굽는 게
뭐가 어렵다고~
못 믿겠다~
이렇게 고기를 올리고~
취이이이익
불의 세기를 확인하면서~
고기가 너무 타지 않게~
뒤집어 주는 거지.
봤냐? 전문가의 손길을?!
캬~
제법인데…?!
탓
탓
오~ 맛있는
냄새가 나는데?
거의 다 됐으니까
좀만 기다려.
숯불 향도 나!
야코 네가
웬일이냐?
맛있겠다.
치이이익
질질

뭐냐…. 언제
이렇게 다 탄 거야?
혹시
흑돼지고기는 익히면
까만색이 되나?
당황

탄 고기도 괜찮아~
바삭바삭한 과자 같아.
한번 먹어 볼래?
고오오오
야코야,
너나 먹어….

내가 해 보겠음.
츄리 네가? 그 고기
먹을 수 있는 거야?
오호라~

뭘 해도 내가
너희보다 나을 듯.
냉
정

치이이이이잇
뚜둑
뚜둑
불이 좀 센 것 같은데? 괜찮아?
맛있다고 더 달라고 하지나 마라.
화르륵
불이 너무 세! 야코가 구운 고기처럼 다 타는 거 아냐?
정, 정말 괜찮은 거야?
야코랑 비교하지 마라. 기분 나쁨.
훨훨
어엇!

어… 불이….
불 먼저 꺼!
물 가지고 와!
물! 물!
으아악!
화악
화악
물 여기 있어!
야!!
내 고기!!
고기 지켜!!!

야코가 구운 것보다
낫지 않음?
……
뚝
뚝
으아아앙

다들 고기 안 구워 봤어?
왜 이렇게 못 구워?
당
당

하몽아~ 자신
없으면 그냥 하지 마.
더 이상 고기를
희생시킬 수 없어!!
얘들아, 그냥
사 먹을까?

나는 너희랑 다르지~
척
난 안전하게
프라이팬에 구울 거야.

진짜 잘
구울 수 있어?
그럼~ 나
한번 믿어 봐~
소중~

자, 봐~ 프라이팬으로
구우면 불도 안 나고, 새까맣게
타지도 않고~
그래?!
툭
질질

하몽이~
으음~♬
흐으음~♪
대단한데?
오~
흠….
드디어
먹는구나!
줄줄

10분 뒤
이상하다…. 왜 이렇게 고기가
안 익지? 뚜껑을 닫아 보자.
기대
쓰윽
기대

20분 뒤
자~ 이제
확인해 볼까?
아직도 안 익었네!?
좀 만 더 해 보자.
꼬르르륵
핼쑥

30분 뒤
와~ 이제 먹자~
?!
척!
저걸?!
싹둑
희끄무레
좀 덜 익었지만
탄 것보단 낫지 않아? 육회도
먹으니까~ 먹어 봐.
안 먹어!!
내 고기!!
외면~
으아아아!
이제 고기가
얼마 안 남았어!
너희 다 비켜!!
빠
밥

치이이익
와…
후~
후우~
싹둑
치이이익
싹둑
엄 청 나 다
화르륵~
촤악
촤악

자~ 먹자.
짜 잔
역시 원바가 구운 고기는 꿀맛이야!
냠냠
아이스크림인 줄 알았어~ 입에서 녹는다!
맛있어
쩝쩝!
원바, 인정!
지금까지 먹은 고기 중에 제일 맛있어!!
엄지척
대박!

잠시 뒤
배가 터질 것 같아.
너무 많이 먹었어~
고기 먹었으니까 라면 먹자.
야코야, 라면 끓이러 아직도 안 갔냐?
내가 끓여 올게!
내가 또 라면을 엄청 맛있게 끓이거든! 기다려~
등
총~
총~
물 한가득~
물이… 너무 많은 거 아냐? 수영해도 되겠다.
싱거운 게 건강에 좋아.
응, 너나 먹어.
이제 내가 나설 차례인가?
하지 마!!
내 라면!! 다들 가만히 있어!!
으아악

숨은그림찾기

야외로 놀러 오니 너무너무 신나요!
고기도 구워 먹고, 잔디밭에서 수건돌리기도 하고요.
우리가 놀고 있는 곳에 물건이 7가지가 숨어 있어요.
눈을 부릅뜨고 찾아보세요!

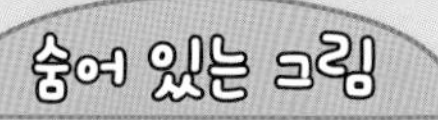

					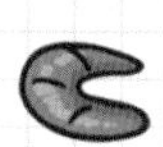	
책	각도기	칫솔	당근	아이스크림	크루아상	선글라스

▶ 134-135쪽 정답

빨간 내복 야코 ④

1판 1쇄 발행 2024년 12월 04일
1판 2쇄 발행 2024년 12월 13일

원작 빨간내복야코 | **글·그림** 서후

펴낸이 이필성, 차병곤
사업리드 김경림 | **기획개발** 김영주, 서동선, 윤지윤
영업마케팅 오하나, 김민경, 서승아, 문유지 | **디자인** 씨엘 | **편집** 꿈틀
빨간내복야코 매니지먼트 장지호, 최다혜

펴낸곳 ㈜샌드박스네트워크 샌드박스스토리 키즈
등록 2019년 9월 24일 제2021-000012호
주소 서울특별시 용산구 서빙고로 17, 30층(한강로3가)
홈페이지 www.sandbox.co.kr
메일 sandboxstory@sandbox.co.kr
전화 02-6324-2292

ISBN 979-11-92504-43-8 74810
ISBN 979-11-92504-42-1 (세트)

• 제조사명 : (주)샌드박스네트워크
• 주소 : 서울특별시 용산구 서빙고로 17, 30층(한강로3가)
• 제조연월 : 2024년 12월
• 제조국명 : 대한민국
• 사용연령 : 3세 이상 어린이 제품